Dithyrambe

SUR LA GRÈCE,

Suivi

DE QUELQUES AUTRES POÉSIES.

Par A^te Brissonnet.

PRIX : 1 FR. 25 CENT.

Paris,

CHEZ LES MARCHANDS DE NOUVEAUTÉS,

PALAIS-ROYAL.

1829.

Dithyrambe

SUR LA GRÈCE,

Suivi

DE QUELQUES AUTRES POÉSIES

Par A^{le} Brissonnet.

Poitiers,

F.-A. SAURIN, IMPRIMEUR-LIBRAIRE.

1829.

A mon Ami,

FERDINAND R . . . . . T.

Ce n'est point pour satisfaire à l'usage que je place en tête de cette brochure une Épître dédicatoire; je sais que telle est assez souvent l'habitude des poètes; mais quelques essais bien incorrects me vaudront-ils jamais même le titre de versificateur!

Si cette légère production est un peu plus supportable qu'elle ne l'était quand je la soumis pour la première fois à votre critique, c'est à vos sages conseils que j'en suis redevable; acceptez-en donc l'hommage comme une faible marque de ma reconnaissance & de mon amitié.

A.^{te} Brissonnet.

DITHYRAMBE.

A la Grèce victorieuse.

T rop long-temps des plaisirs la coupe enchanteresse
Dans mes sens et mes vers d'une honteuse ivresse
  Répandit les transports.
Je m'enflamme aujourd'hui d'un plus noble délire,
C'est pour la liberté que je vais de ma lyre
  Essayer les accords.

O toi ! qui, dans les champs de la Pensylvanie,
Fais fleurir les talens, les vertus, l'industrie,
  A l'ombre de la paix ;
Qui du joug des Germains délivras l'Helvétie ;
Pour qui croyaient naguère, aux champs de l'Italie,
  Combattre les Français ;

Toi que dans ses discours invoquait Démosthènes,
Entraînant aux combats la chancelante Athènes
     Et foudroyant les rois ;
Toi qui dictais les sons dont la mâle éloquence
Préserva les Romains du joug de la licence,
     Soutiens ma faible voix !

Les lions africains, la timide gazelle,
L'aigle victorieux, la colombe fidèle,
     Le coursier indompté,
L'habitant des cités ou du désert sauvage
Semblent tous dire en chœur, chacun dans leur langage,
     Vive la liberté !

Ah ! si j'avais du Ciel reçu le don si rare
De ce transport fougueux dont le divin Pindare
     Se sentait agité,
Je t'aurais consacré, liberté noble et sainte,
Des chants, comme les siens, revêtus de l'empreinte
     De l'immortalité.

Les ordres d'un tyran inventant des supplices,
Les peuples agités et leurs sanglans caprices,

Les orageux autans,
L'Océan en courroux, les éclats du tonnerre,
Rien n'aurait fait fléchir de ma voix libre et fière
Les généreux accens.

Semblable à l'aigle altier, dont le vol plein d'audace
Part, et dans un instant a traversé l'espace
De l'empire de l'air,
J'aurais d'un corps mortel su déposer la poudre,
Et d'un bras assuré j'aurais saisi la foudre
Aux pieds de Jupiter.

Tel on vit autrefois le hardi Prométhée,
Rapide, s'élançant au sein de l'Empyrée,
Ravir le feu sacré :
Insensé dont le cœur, pour punir son délire,
Sous l'ongle du vautour incessamment expire,
Et renaît déchiré !

Ainsi l'homme mortel, sur l'Océan des âges,
S'avance mériter, sans craindre les naufrages,
Des lauriers immortels;
Mais l'envie au cœur faux, au regard louche et sombre,

Même après son trépas s'attachant à son ombre,
Insulte à ses autels.

Debout, près du cercueil, l'affreuse calomnie
Fouille avec un poignard que tient sa main impie
Ses restes refroidis;
Cependant à côté, pour venger sa mémoire,
La vérité s'assied, et transmet à l'histoire
Son nom et ses écrits.

Ce qu'il eut de terrestre en un moment s'efface;
Mais son nom glorieux, au sommet du Parnasse
Inscrit en lettres d'or,
A l'abri des affronts du temps et de l'envie,
Apprend à l'avenir que jamais le génie
Ne doit craindre la mort.

Chaque jour du trépas nous offre des exemples;
Les peuples et les rois, les palais et les temples,
S'écroulent par lambeaux :
Le temps de nos projets à chaque instant se joue,
Et partout le soleil, sur cet amas de boue,
Eclaire des tombeaux !

Où sont les monumens de ta grandeur passée ?
Grèce, qu'as-tu gardé de ta gloire éclipsée ?
Des regrets éternels !
Tout périt, et la terre où chacun vient descendre,
N'est qu'un hideux amas des pleurs et de la cendre
Des malheureux mortels !

Vois s'asseoir à présent un despote sauvage
Sur le trône où jadis, à côté du courage,
Régnait la liberté ;
La voix de l'orateur n'éveille plus Athènes ;
Sparte demande en vain des lois républicaines
La fière austérité.

La mousse et la ronce flétrie
Couvrent les débris précieux
De ces marbres, où le génie
Faisait briller l'éclat des Dieux :
Là, sous des couleurs immortelles,
De Parrhasius et d'Apelles

Soudain s'animaient les tableaux ;
Hercule soutenant la terre,
Jupiter lançant le tonnerre,
Sortaient du marbre de Paros.

La nature même sommeille.
Jadis les noms de ces ruisseaux
Etaient aussi doux à l'oreille
Que le bruit flatteur de leurs eaux.
Leurs fontaines au doux murmure,
Entre les fleurs et la verdure,
Roulaient en paix leur flots errans,
Et les Muses, sur leur rivage,
De la tendresse et du courage
Immortalisaient les accens.

Aujourd'hui disparaît leur course
Sous des fondemens arrachés ;
L'œil chercherait en vain leur source
Parmi les temples écroulés :
Les autels, les urnes sacrées,
Et les colonnes séparées

Des chapiteaux majestueux,
N'offrent qu'une ruine entière,
Où reposent dans la poussière
Les membres mutilés des Dieux.

L'Ilissus au cristal limpide
Est à peine un fossé bourbeux;
Du Céphise l'onde rapide
Ne roule qu'un limon fangeux :
L'écho des rives du Pénée
N'entend plus le jeune Aristée
Sur des essaims verser des pleurs;
Du Taygète la cime altière
Ne voit plus la vierge guerrière
Fouler les gazons et les fleurs.

Ces coteaux, ces bois, ces prairies,
Ces vallons protégés des Cieux,
Ces monts, ces campagnes fleuries,
Qu'aimaient à parcourir les Dieux,
Ne sont plus qu'un désert immense,
Où l'on n'entend que le silence

Des ruines et du cercueil;
Ainsi, de la beauté mortelle
Le souvenir seul nous rappelle
Les traits qui faisaient son orgueil!

Celui qui des rives lointaines
Accourt visiter l'Hélicon
Au moins pour le prix de ses peines
Remporte une utile leçon :
« La liberté pour le génie
» Est le principe de la vie,
» Des vertus agrandit l'essor;
» Mais le despotisme sauvage
» Pour les talens et le courage
» Est le rincipe de la mort. »

Mais quel nouvel Orphée éveille la nature,
Et rend à ces coteaux leur riante verdure?
Le chêne étend encore ses bras majestueux;
Les Faunes, les Sylvains repeuplent ces bocages;

De l'antique forêt les éloquens ombrages
Annoncent aux mortels les volontés des Dieux.

J'entends les sons brillans de la lyre inspirée
Réveiller les débris de la cité sacrée,
Où sept chefs disputaient de courage et d'honneur;
Des remparts écroulés les pierres dispersées
A la voix d'Amphion sont soudain replacées,
Et la ville aux sept tours a revu sa grandeur.

De ses temples brillant de leur splendeur antique
Un peuple belliqueux inonde le portique :
L'encens de toutes parts fume sur les autels.
Athènes, tu revois tes plaisirs et tes fêtes;
Sparte, la liberté, pour prix de tes conquêtes,
Orne de quelques fleurs tes lauriers immortels !

D'un œil impatient dévorant la carrière,
Vingt guides à l'envi vont franchir la barrière;
Mille cris dans les airs s'élancent à la fois :
Le char rase, en volant, la borne dangereuse,
Et le coursier, couvert d'une sueur poudreuse,
Sollicite un regard pour prix de ses exploits.

L'orgueilleuse Junon étale tous ses charmes ;
La sévère Pallas a revêtu ses armes ;
Belle de ses attraits, Vénus descend des cieux :
La beauté bien souvent a vaincu la sagesse,
Et le berger troyen, séduit par la déesse,
Laisse échapper le prix de ses doigts amoureux.

Quels reptiles hideux déchirent ces victimes?
Sur ce front paternel quels reproches sublimes?
Dans les flancs caverneux d'un colosse imposteur
Laocoon osa lancer un trait impie,
Et le marbre, animé par la main du génie,
De son affreux supplice éternise l'horreur.

Un serpent, vil produit de la fange et de l'onde,
Promenait ses anneaux sur les débris du monde ;
Soudain le Dieu du jour saisit son arc divin ;
Sous le trait toujours sûr déjà le mons re expire :
A peine si l'orgueil anime d'un sourire
Ces traits calmes et purs où siége le dédain.

Prête de voir périr les fruits de sa tendresse,
Niobé du destin accuse la rudesse ;

Sur son visage, empreint des plus nobles douleurs,
Respirent tour à tour la plainte et la vengeance,
Et, d'un art immortel ô sublime puissance !
De ses yeux maternels je vois couler des pleurs.

De la nuit des tombeaux qui rappelle les ombres?
Quelle puissante main lève les voiles sombres
Qui d'un crêpe funèbre enveloppaient les arts?
Qui des temps écoulés rappelle la mémoire,
Et dans les airs encor fait briller de la gloire
Et de la liberté les nobles étendards?

Auguste Déité, c'est toi dont le génie
En traits d'airain grava sur le livre de vie
Et les droits des sujets et les devoirs des rois !....
La mort devient le prix de qui suit ta bannière....
Aussitôt ta voix fait du sein de la poussière
Surgir d'autres guerriers et de nouveaux exploits.

Sans repos l'œil de la nature
Suit sa course avec majesté ;

Le printemps lui doit sa parure,
L'automne sa fertilité :
Ainsi, la liberté féconde,
Infatigable, au Nouveau-Monde
Porte l'abondance et la paix,
Et revient d'une aile rapide
Aux champs d'Attique et d'Argolide
Nous ouvrir de nouveaux succès.

Ecoute la triple alliance,
Que fatigue un lâche repos,
Proclamer ton indépendance,
Terre classique des héros !
Les monts de la Calédonie,
Les déserts de la Tartarie,
Ont vomi des flots de soldats,
Et l'Achaïe aux champs fertiles
Voit déjà d'autres Thermopyles,
Sous un autre Léonidas.

Celui dont la plume brûlante
Comme la lave des volcans,

Savait d'une strophe sanglante
Fouetter les vices des tyrans,
Byron, l'orgueil de sa patrie,
De son or et de son génie
Aux Grecs achète des succès ;
Bientôt une terre étrangère
Verra son tombeau solitaire
S'ombrager du triste cyprès !

« Va dans son antre redoutable
» Voir la lionne de Darfour,
» Que le chasseur impitoyable
» Priva des fruits de son amour ;
» Fais taire la plainte effrayante
» De cette mère gémissante,
» Et tâche à calmer ses douleurs :
» Mais de soulager ma souffrance
» Oser concevoir l'espérance,
» C'est insulter à mes malheurs.

» Dans ce chêne dont le feuillage
» Tous les jours perd de sa splendeur,

2

» Que j'aime à retrouver l'image
» De l'affreux état de mon cœur !
» Son front atteste les ravages
» Du souffle brûlant des orages
» Qui noircit ses nobles rameaux,
» Et de ses branches desséchées
» Tombent les feuilles dispersées
» Que du fleuve emportent les flots.

» Cette essence pure, éternelle,
» Du feu qui brûle dans les cieux,
» L'amour, cette flamme immortelle,
» Aliment des cœurs vertueux,
» A consumé ma triste vie;
» Epouse, amis, parens, patrie,
» Contre moi secondent le sort :
» Que fais-je à présent sur la terre?
» Allons dans les champs de la guerre
» Trouver la victoire ou la mort ! »

Ainsi, sur sa lyre plaintive,
Chantait le poète guerrier :

Déjà la Renommée active
L'ombrage d'un double laurier.
Le jour fait pâlir les étoiles,
Le vent du nord enfle les voiles,
Le vaisseau vole sur les flots;
Il touche la plage guerrière;
Encor quelques jours, et la terre
Couvre les restes du héros !

Honneur à vous que les obstacles
Irritent sans vous affaiblir,
Vous dont le nom fait des miracles,
Dont l'exemple enseigne à mourir !
Fabvier, qui par le bruit des armes
Sus faire, au milieu des alarmes,
Taire les foudres de Thémis;
Toi, Cochrane, dont la constance
Des vainqueurs trompa l'espérance
Sous les murs de l'Acropolis.

Pourrais-je d'une voix éteinte
Animer les derniers concerts,

Sans te payer, amitié sainte,

Un léger tribut dans mes vers?

Salut! amis de ma jeunesse,

Vous que l'inconstante déesse

Épure au creuset du malheur;

La Grèce en vos bras se confie,

L'écho de Navarin publie

Vos vertus et votre valeur.

Mais pendant que je m'abandonne

Au délire de mes pensers,

Sur Byzance la foudre tonne,

Et sape ses murs entr'ouverts :

Russes, Français, Anglais, Hellènes,

A l'envi détachent les chaînes

Qui des chrétiens chargeaient les bras.

Des guerriers morts pour la patrie,

Dormez en paix, ombre chérie,

Le trépas venge le trépas !

En vain la crainte et les ténèbres

Gardaient le palais du sultan;

Déjà l'airain aux sons funèbres
A sonné la mort du tyran :
A ses côtés marchait la guerre,
Qui, de son pied foulant la terre,
Cache sa tête dans les cieux;
Beauté, vertus, grâces, vaillance,
Tout de sa féroce puissance
Supportait le poids odieux.

Sous lui cette troupe fidèle,
Mais avide de sang et d'or,
N'a reçu pour prix de son zèle
Que les supplices et la mort :
Il efface de sa mémoire
La reconnaissance et la gloire
Dont les couvrirent leurs exploits.
« Eh ! que m'importent leurs services,
» Dit-il, si mes moindres caprices
» Pour eux ne deviennent des lois ? »

L'esclave a préparé le nœud de la vengeance,
Et le fer a brillé dans la main du bourreau;

Un échafaud honteux devient leur récompense,
Et l'Euxin va bientôt leur servir de tombeau.

Sur les murs du sérail, la discorde orgueilleuse,
Agitant dans les airs ses flambeaux détestés,
Fait siffler les serpens de sa tête hideuse,
Et rit d'un rire affreux des maux qu'elle a causés.

Quel est ce jeune Grec dont le sombre visage
Du lion irrité respire la fureur?
Son coursier généreux seconde son courage,
La vengeance et l'amour se disputent son cœur.

Fils d'un de ces guerriers dont une mort brillante
Termina les malheurs aux murs d'Acropolis,
Il jura, contemplant leur dépouille expirante,
De venger à la fois son père et son pays.

Amis! s'écriait-il, droit aux murs de Byzance;
Lavons notre revers dans le sang des bourreaux :
Pour l'ombre des guerriers les pleurs sont une offense;
Ce n'est point par des pleurs qu'on console un héros!

Mais un autre dessein le soutenait encore :
Le sérail tient captif l'objet de ses amours;

Le père vertueux de celle qu'il adore
Dans le fond d'un cachot va terminer ses jours.

Tel un torrent rapide avec fracas s'élance,
Et roule dans ses flots les arbres renversés,
Dans les bataillons turcs le Grec rougit sa lance,
Et comme un vil troupeau les chasse dispersés.

Déjà s'offre à ses yeux le harem redoutable,
Où veillaient nuit et jour le crime et la terreur,
Où Zuléma peut-être, ô pensée effroyable!
Des passions d'un maître assouvit la fureur!

Tout-à-coup il entend la trompette sonore;
A ses yeux de la Croix brillent les étendards :
O bonheur! son pays va devenir encore
L'asile de la gloire et le temple des arts.

« Sois heureux, bon vieillard, toi qui dès mon enfance
» Avec ma Zuléma me promis le bonheur;
» Reçois la liberté de ma reconnaissance :
» A peine ai-je acquitté la dette de mon cœur.

» Partout m'accompagnait ton image chérie,
» Toi pour qui brûle un cœur qui n'aima qu'une fois;

» D'aujourd'hui seulement va commencer ma vie ,
» Un seul de tes regards a payé mes exploits. »

Il dit ; et cependant à sa voix mâle et fière
Zuléma du plaisir unit les doux accens ;
Tendres chansons d'amour et nobles chants de guerre
Réveillent tour à tour le palais des tyrans :

   « Sur le sommet des remparts de Byzance
   » On voit enfin flotter nos étendards ;
   » Que lui servit sa longue résistance ?
   » Ses murs détruits tombent de toutes parts..
   » Braves guerriers qui , guidés par la gloire,
   » Ne combattiez que pour la liberté,
   » Buvez, chantez, enfans de la victoire ,
» Et, comme moi, mettez aux pieds de la beauté
   » Le noble orgueil d'un courage indompté.

   » Un prix si doux flattait mon espérance !
   » Fleur du sérail , miracle de beauté,
   » Laisse mon bras fatigué de vengeance
   » Se reposer sur ton sein agité :

» Le tendre amour m'est plus cher que la gloire;

» A tes genoux je mets ma liberté :

» Buvez, chantez, enfans de la victoire,

» Et, comme moi, mettez aux pieds de la beauté

» Le noble orgueil d'un courage indompté.

» Le Turc hideux, noir de sang et de crimes,

» Te destinait à ses honteux plaisirs ;

» Il t'avait mise au rang de ses victimes,

» Avec orgueil il comptait tes soupirs :

» Soudain, porté sur l'aile de la Gloire,

» Je viens, j'accours; bénis la liberté !

» Buvez, chantez, enfans de la victoire,

» Et, comme moi, mettez aux pieds de la beauté

» Le noble orgueil d'un courage indompté.

» De l'Ottoman la politique sombre

» Plongea ton père au fond des noirs cachots;

» Mais l'innocence en vain gémit dans l'ombre,

» En vain ses cris frappèrent les échos.

» Que dis-je? non, des mains de la victoire

» Il a reçu la douce liberté.

» Buvez, chantez, fiers enfans de la gloire,

» Et, comme moi, mettez aux pieds de la beauté
 » Le noble orgueil d'un courage indompté.

 » Quoi! ton Coran, ton sublime prophète,
 » N'ont pu sauver ton trône chancelant!
 » Le fer, le feu, consomment ta défaite;
 » Mais l'avenir, farouche Musulman,
 » T'imprimera dans l'équitable histoire
 » Le sceau honteux de l'immortalité.
 » Buvez, chantez, fiers enfans de la gloire,
» Et, comme moi, mettez aux pieds de la beauté
 » Le noble orgueil d'un courage indompté.»

Ainsi chante le Grec aux rives du Bosphore.
Déjà de pourpre et d'or l'horizon se colore;
Le soleil de ses feux éclaire les mortels,
Les accens de l'airain annoncent la conquête;
Un peuple tout entier court célébrer la fête
Du jour qui du vrai Dieu rétablit les autels.

La liberté s'assied sur les débris du trône,
Change pour l'olivier le laurier de Bellone;

La volonté d'un seul cède la place aux lois :
Déjà le temple saint remplace la mosquée ;
Les arts ont retrouvé leur splendeur éclipsée,
Et ce bienfait auguste est l'ouvrage des rois.

Abandonnez du Styx les plages désolées,
Ramenez parmi nous vos ombres consolées,
Vous dont trop, trop le fer a moissonné les jours !
Coron, Modon, Varna, Navarin, Sparte, Athènes,
Psara fumante encor du sang des Philhellènes,
Réparent orgueilleux leurs créneaux et leurs tours.

Tel on voit le phénix, emblème du génie ;
Prendre au sein de la mort une nouvelle vie ;
Mais ce n'est point au feu sans éclat et mortel,
Aux flammes des volcans, au foyer du tonnerre,
C'est aux plus purs rayons de l'astre qui l'éclaire
Qu'il puise de ses jours le principe éternel.

Comme lui, beau climat, tu renais de ta cendre ;
Le bonheur qu'à tes champs la liberté va rendre
S'augmente encor pour toi des biens du souvenir,
Biens qui du monde entier te valurent l'hommage :

Cependant ces trésors sont une faible image
Des dons qu'à tes vertus réserve l'avenir.

Ne prends point trop d'orgueil d'un éclat périssable ;
Vois des fils d'Ismaël la chute épouvantable,
Et leur religion fuyant dans les déserts !
Rapporte tes succès à qui les a fait naitre,
Sans quoi le Dieu vivant, dans un instant peut-être,
Changerait ton triomphe au plus affreux revers.

A lui seul appartient la gloire :
C'est lui qui, de son bras puissant,
A sous la main de la victoire
Courbé le féroce Ottoman :
C'est lui qui fait rouler les mondes,
Il soulève les mers profondes,
Son regard ébranle les cieux ;
Il commande, et soudain la foudre
S'allume, part, réduit en poudre
Des palais le faite orgueilleux.

Ecoute, Dieu puissant, la Grèce qui t'implore ;
Des carreaux menaçans munis ton bras vengeur,
Ou plutôt que le glaive une autre fois encore
    Arme l'ange exterminateur.

    Ainsi, du sein de leurs misères,
    Les Grecs priaient le Roi des rois ;
    Du Nord les phalanges guerrières .
    Soudain accourent à sa voix :
    Ce peuple adroit, dont la sagesse
    Met sa force dans la faiblesse
    De ses voisins humiliés,
    Arme ses îlottes redoutables,
    Et nos ennemis implacables
    Sont devenus nos alliés.

L'aigle de la Néva poursuit son vol immense ;
L'hymne saint de Sion réveille les échos,
Et du sacré Jourdain une douce espérance
    Agite mollement les eaux.

    Ainsi les sables de Syrie
    Voyaient, à la voix du vrai Dieu,

La fleur de la chevalerie
Voler conquérir le saint lieu.

Rivaux de gloire et de vaillance,
Richard, Philippe, à la vengeance
Guidaient leur étendard vainqueur,
Et, sur le trône de Solyme,
Lusignan refermait l'abîme
De l'esclavage et de l'erreur.

Du Calvaire ébranlé l'on fouillait les entrailles,
On trouvait les débris du bois mystérieux,
Et son signe, ô Sion ! planant sur tes murailles,
Protégeait tes murs glorieux !

Franchissant la superbe enceinte
Où dormaient les fiers Osmanlis,
La mort, la vengeance, la crainte,
Marchaient avec les fleurs de lis :
Un instant, antique Byzance,
Allait te rendre ta puissance
Et sur la terre et sur les mers ;
La Croix, que le chrétien adore

Avec Rome, une fois encore
Allait gouverner l'univers.

Dieu qui de tes tyrans veut enfin la défaite,
De la religion arme les vrais enfans,
Renverse par leurs mains le tombeau du prophète,
Et jette ses cendres aux vents.

Naguères le croissant superbe
Souillait tes drapeaux avilis,
De tes temples cachés sous l'herbe
En vain je cherchais les débris :
Réveille-toi, noble patrie
Des arts, des vertus, du génie,
Qu'enfin te rendent tes exploits;
Garde le prix de ta vaillance,
Et vois germer l'indépendance
A l'abri du sceptre des rois!

D'un despote inhumain tu vois tomber la chaîne,
Tu commandais jadis à l'univers soumis :
Renais, pompeux débris de la grandeur romaine,
Et règne sur tes ennemis !

Gloire au Dieu dont la main puissante
Sauva le peuple d'Israël,
Qui de l'épée étincelante
Sut armer Judith et Jahel !
Nos triomphes sont son ouvrage :
Que notre encens et notre hommage,
Gages de notre piété,
A ses pieds montent en silence ;
Car c'est lui seul dont l'influence
Nous a donné la liberté !

Rendons-lui donc en chœur grâces de la victoire,
Qui d'un joug idolâtre a délivré ces lieux,
Et préludons sur terre aux cantiques de gloire
Que nous chanterons dans les cieux.

Les Ruines

DE MONCONTOUR.

Air du Bardo: Le cor retentit dans les bois.

Salut, monument glorieux,
Qui te caches dans les nuages;
Ton front calme et majestueux
Brave les vents et les orages :
Ton nom, auprès du nom des rois,
Orne les pages de l'histoire,
Et tes échos encor parfois
Murmurent des chants de victoire.

Mais du sommet de tes créneaux
L'ombre descend, la nuit s'élance;

Seul, j'entends l'oiseau des tombeaux
De ton deuil troubler le silence;
Par ses cris, l'hymne de la mort
Succède à l'hymne de la gloire ;
Quand pourras-tu redire encor
Les nobles chants de la victoire?

Le lierre tapisse tes murs,
Tes chapelles sont écroulées,
Et dans tes souterrains obscurs
Errent des ombres indignées.
Mon cœur, pénétré de regrets,
Leur demande tes jours de gloire;
Mais des troupeaux parquent en paix
Où roulaient des chars de victoire.

Des fers honteux chargeaient nos bras;
Nous croupissions dans la mollesse :
Mais Charles-Martel aux combats
Appelle sa brave noblesse.
Le sang d'un ennemi nombreux
Rougit les ondes de la Loire,

Et jusques dans tes murs fameux
Retentit le chant de victoire.

Tu vis les Bretons insolens
Et leurs phalanges triomphantes
Dominer dans tes murs sanglans
Et sur tes campagnes tremblantes :
Mais bientôt, par un noble essor,
Le Français rappelle sa gloire,
Et'ton écho redit encor
L'hymne brillant de la victoire.

Vois le fanatisme cruel
Semer nos champs de funérailles ;
Mais sur ton airain immortel
A sonné l'heure des batailles.
De la ligue et de ses fureurs
Ton nom rappelle la mémoire,
Prince plus grand dans tes malheurs
Que d'autres après la victoire !

Près de toi guidant son coursier,
Quoiqu'enfant rempli de vaillance,

Aussi prudent qu'un vieux guerrier,
J'aperçois l'espoir de la France :
Grand roi, l'orgueil de ton pays,
Qui dans ta bonté mets ta gloire,
Pardonner à tes ennemis
Sera ta plus belle victoire.

J'ai vu les cercueils des héros,
Et du Mont-Jean la tête altière ;
J'ai vu le vallon du repos,
Et des preux j'ai vu la bannière ;
J'ai vu l'armure du soldat,
Le fer, instrument de sa gloire ;
J'ai vu la plaine du combat,
Et le donjon de la victoire.

Rien ne trouble aujourd'hui les flots
De la Dive aux ondes tranquilles ;
L'heureux habitant des hameaux
Cultive en paix ses champs fertiles :
Le myrte, en ce riant séjour,
Remplace l'arbre de la gloire ;

Sur ces bords, les chants de l'amour
Succèdent aux chants de victoire.

Vierge aussi pure que la fleur
Dont s'orne ta tête charmante,
Le lis te donna sa blancheur,
La rose sa pourpre brillante.
Conserve ta simplicité,
Que tes vertus fassent ta gloire :
Crois-moi, bien souvent la beauté
Achète trop cher la victoire !

Séjour de l'hospitalité,
Asile heureux de l'innocence,
Ah ! garde ton obscurité !
Le bonheur vaut bien l'opulence ;
Et fais toujours, de tes succès
Chargeant les filles de mémoire,
Fleurir l'olivier de la paix
Près du laurier de la victoire.

Adieu ! terre de souvenirs,
Mon cœur t'adresse ses hommages :

Pourrais-je oublier les plaisirs
Que j'ai goûtés sur tes rivages?
De vos bienfaits, de mon amour
J'emporte une douce mémoire;
Je reviendrai vous voir un jour,
Nobles enfans de la victoire.

Couplets à B......e,

A SON RETOUR DE LA GRÈCE.

———

Air : Depuis long-temps j'aimais Adèle.

———

Comme la fleur qu'un matin voit éclore,
La beauté passe et n'a duré qu'un jour ;
Comme un souffle qui s'évapore,
On voit aussi fuir la saison d'amour :
Mais du soleil qui féconde la terre,
Chaque saison ramène les bienfaits ;
Immortels comme sa lumière,
Les talens ne passent jamais.

On vit naguère, aux champs de l'Ibérie,
Nos vieux soldats s'élancer à la mort,
Et l'Allemagne et l'Italie
De leurs exploits se souviennent encor.

Ne pleurons point le guerrier qui succombe ;
Car sur l'airain sont gravés ses hauts faits :
 Bravant le pouvoir de la tombe,
 Le courage ne meurt jamais.

Vous qui prêtez secours à l'indigence,
Des opprimés généreux défenseurs,
 Enfans chéris de l'éloquence,
D'un sort jaloux conjurez les rigueurs :
N'encensez point un pouvoir qui s'efface,
Des vains plaisirs sachez fuir les attraits ;
 Plaisirs, grandeurs, bonheur, tout passe,
 Mais la vertu ne meurt jamais.

Daigne accepter mes vœux et mon hommage ;
Console-toi d'un instant de revers,
 Toi qui prodiguas ton courage
A l'étranger gémissant dans les fers.
D'Acropolis la ruine fumante
A recouvert Français, Hellène, Anglais ;
 Mais leur ombre en sort triomphante,
 Car la gloire ne meurt jamais.

La Grèce encor appelle ta vaillance,
Un jour plus beau brille sur ses climats ;
Sous les étendards de la France
Tu peux trouver un généreux trépas :
Mais, détrompé du rêve de la gloire,
Si près de nous tu veux mourir en paix,
Tu vivras dans notre mémoire,
Car l'amitié ne meurt jamais.

LA SAGESSE,

Romance.

— · —

Air du vaudeville de la Piété filiale.

———

Victime d'un sexe trompeur,
J'avais juré, dans mon délire,
Que de l'amour le redoutable empire
N'aurait jamais de pouvoir sur mon cœur.
D'un seul regard la douce ivresse
Fit évanouir mon serment,
Et j'ai perdu pour toi, dans un moment,
Le fruit de six mois de sagesse.

Un engagement solennel
Disposa de ton existence,
Et sans pitié condamna ton enfance
Aux seuls plaisirs de l'amour maternel ;

Tu vois la fleur de ta jeunesse

Se pencher sous la faux du Temps ;

Laisse passer encor quelques instans,

Et trop tôt viendra la sagesse.

Tu n'auras aucuns souvenirs,

Pour charmer ton triste esclavage ;

Bientôt le froid et les glaces de l'âge

Remplaceront la saison des plaisirs :

En vain l'orgueil et la richesse

T'auront comblée de leurs bienfaits,

Anéanti sous le poids des regrets,

Ton cœur maudira la sagesse.

Crois-moi, l'amour et l'amitié

Font seuls le bonheur de la vie ;

De tes momens qu'un amant, une amie,

Puissent chacun employer la moitié ;

Et, lorsque viendra la vieillesse,

Tenant la palme de la mort,

Tu l'entendras te murmurer encor :

Le plaisir vaut bien la sagesse.

Lisette à l'âge de quinze ans,
Sa virginité la dévore ;
Elle périt sous un mal qu'elle ignore,
Chaque jour voit accroître ses tourmens :
Elle fait taire la tendresse,
Mais qu'ont servi ces soins prudens!...
L'amour, hélas ! ravit en peu d'instans
Le fruit de quinze ans de sagesse.

Voyez cette jeune beauté,
Que la vertu tient sous son aile,
Qu'à tout moment on cite pour modèle,
Qui craint les lois même de l'amitié :
Bientôt, du plaisir la déesse
La frappant d'un sommeil vainqueur,
D'un songe heureux la ravissante erreur
Parle plus haut que la sagesse!

Belle d'une fausse candeur
S'avance cette prude austère,
Le front gazé des ombres du mystère ;
Rien qu'un sourire alarme sa pudeur :

Mais, pour dissiper sa tristesse,
Le désir s'avance, et soudain ....
Le Dieu d'amour, avec un ris malin,
Donne un coup d'aile à la sagesse.

La nuit sur la voûte des Cieux
De son ombre étendait les voiles,
Quand, du séjour où brillent les étoiles,
Je vis descendre un messager des Dieux :
Suivez les lois de la tendresse,
Ecoutez, dit-il, votre cœur ;
Sachez aimer, mortels, c'est le bonheur ;
Sachez jouir, c'est la sagesse.

Stances.

Pour moi des passions le règne enfin s'efface,
    Et la raison vient reprendre ses droits.
Rêvez un vain renom, avortons du Parnasse;
Guerriers, avec orgueil parlez de vos exploits;
Dans vos cœurs corrompus que l'intérêt remplace,
Favoris de Plutus, les desseins généreux :
Dans le mien, fatigué d'une coupable ivresse,
Je veux que l'amitié règne avec la sagesse.
    Etre sage c'est être heureux.

Le vorace épervier, le hibou solitaire,
    N'ont point accès au céleste séjour :
L'aigle seul du soleil peut fixer la lumière,
Et venir déposer le fruit de son amour

Sur les genoux du Dieu qui lance le tonnerre.
Trop souvent le commun des orgueilleux mortels
Fatigue de ses cris les filles de mémoire ;
Le Dieu qui des grands noms éternise la gloire,
    Sans pitié brise leurs autels.

Tel n'a que de l'esprit qui se croit du génie ;
    D'un vain désir sans cesse tourmenté,
En efforts impuissans il consume sa vie,
Et croit aller tout droit à la postérité ;
Son regard fasciné croit entrevoir l'envie
De ses vers immortels consacrant l'avenir :
Ah ! de ton fol orgueil repousse la chimère,
Tes vers ne te vaudront qu'un laurier éphémère,
    Qu'un instant voit naître et mourir !

Moi-même de Vénus je méprisai l'empire,
    De l'amitié j'oubliai le devoir ;

J'osai braver le Dieu par lequel tout respire :
Un instant, d'un renom je caressai l'espoir ;
Un succès passager augmenta mon délire :
Mais l'amour aujourd'hui dispose de mon cœur,
Et l'amitié, sa sœur, achève la victoire ;
Et quand il serait vrai que j'obtiendrais la gloire,
La gloire n'est pas le bonheur !

FIN

Se trouve aussi :

A Chatellerault, chez Fruchard, libraire;
A Montmorillon, chez Chevrier, libraire.

Poitiers. — Imp. de SAURIN.

www.ingramcontent.com/pod-product-compliance
Lightning Source LLC
Chambersburg PA
CBHW061700180626
46818CB00003B/1181